Johann Nepomuk Ritter von Nussbaum

Lister's grosse Erfindung: ein klinischer Vortrag

Antigonos

Johann Nepomuk Ritter von Nussbaum

Lister's grosse Erfindung: ein klinischer Vortrag

Unveränderter Nachdruck der Originalausgabe von 1875.

1. Auflage 2024 | ISBN: 978-3-38631-690-3

Antigonos Verlag ist ein Imprint der Outlook Verlagsgesellschaft mbH.

Verlag: Outlook Verlag GmbH, Zeilweg 44, 60439 Frankfurt, Deutschland, info@outlook-verlag.de
Vertretungsberechtigt: E. Roepke, Zeilweg 44, 60439 Frankfurt, Deutschland
Druck: Libri Plureos GmbH, Friedensallee 273, 22763 Hamburg, Deutschland

Lister's
Grosse Erfindung.

Ein klinischer Vortrag

von

Prof. Dr. von Nussbaum,
Generalstabsarzt a. l s. in München.

(Separatabdruck aus dem „Aerztlichen Intelligenzblatte" 1875. Nr. 5.)

MÜNCHEN, 1875
Verlag von Jos. Ant. Finsterlin
Salvatorstrasse Nro. 21.

In allen früheren Kriegen war die Zahl der am Schlacht-
felde Gebliebenen um Vieles kleiner, als jener, welche in Folge
ihrer Verwundungen oder erlittenen Strapatzen späterhin in
den Spitälern erbärmlich dahin siechten.

Das sogenannte perniciöse Wundfieber, welches heut zu
Tage Pyämie genannt wird, und der Spitalbrand waren es
besonders, welche dieses Unglück veranlassten. Im Anfange
des Krieges war es immer noch leidlich, sobald aber die
Lazareth-Räume und Utensilien einmal tüchtig durchseucht
waren, nahm der Spitalbrand verheerende Dimensionen an. Diese
Beobachtung musste auf das System der Evacuation führen,
und im italienischen Kriege 1859 begann man bereits die
glänzendsten Erfolge damit zu erzielen. Manche Aerzte sahen
darin allerdings eine Grausamkeit, wenn man schwer Kranken
keine Ruhe lässt, sie von einem Orte zum andern führt. Allein
bald waren die Endresultate so überzeugend, dass man sich
in den Kriegen 1866 und 1870/71 schon ganz dafür ein-
richtete, zweckmässige Bahnwägen baute und dadurch nicht
allein das Centrum des Krieges vor Ueberhäufung mit Kranken
und vor Uebermaass von Arbeit befreite, sondern diese schrecklichen, zerstörenden Krankheiten nahezu gänzlich verhinderte.

Die Evacuation ist ganz zweifellos der grösste Fortschritt
der Kriegs-Chirurgie.

In gleicher Weise fassen aber diese furchtbaren Krankheiten nach und nach auch trotz der grössten Sorgfalt und Reinlichkeit in den Civilspitälern Wurzel und steigern sich, wenn die Räume und die Utensilien jahrelang durchseucht werden, zu den furchtbarsten Uebeln.

Leider haben Sie in unserem Krankenhause ein recht grelles Beispiel beobachtet. Sie sahen gesunde, junge Leute mit groschengrossen, frisch aussehenden Wunden in das Spital kommen, schwer krank werden, Schüttelfröste bekommen und sterben, oder ihre Wunden wurden anstatt kleiner alle Tage grösser, tiefer, grün und grau belegt, stinkend und waren gezackt an den Rändern, als ob ein wildes Thier mit den Zähnen daran genagt hätte, Pulsadern wurden angefressen und wenn das nun vom Spitalbrande zerstörte Glied nicht rasch weggenommen wurde, drohte der Tod durch Verblutung, gegen welche es ein anderes Mittel nun nicht mehr gab, weil die blutenden Pulsadern so verfault waren, dass man sie mit keinem Faden erfolgreich unterbinden konnte. Das glühende Eisen oder sehr starke Aetzmittel zerstörten die Spitalbrand-Belege, wenn frühzeitig und energisch davon Gebrauch gemacht wurde. Allein hiedurch gingen ja wieder Gewebstheile zu Verlust und die Wunden wurden um Vieles grösser, so dass man dadurch wohl vielleicht das Leben rettete, aber jene kleine Wunde, die in guten Verhältnissen in 10 Tagen geheilt wäre, nach 70 und 80 Tagen schwerer Krankheit mit grossem Substanz-Verluste endlich geheilt sah, wenn sie nicht ein zweites oder drittes Mal vom Spitalbrande angesteckt wurde. Wie Sie es nun bei uns sahen, so ist oder war es an vielen Orten in vielen Spitälern.

Man hat desshalb auch in vielen Civilspitälern an die erprobte Evacuation gedacht, hat Winter- und Sommer-Stationen gemacht und damit schon viel Gutes gewirkt; und an manchen Orten, wo Pyämie und Nosocomial-Brand recht eingebürgert waren und wo man ganz neue Spitäler gebaut und selbe ganz neu meublirt hat, wurde der schlagende Beweis geliefert, dass langer Gebrauch eines und desselben Raumes das gefürchtete Gift erzeugt, denn im Neubau war keine Pyämie und kein Hospitalbrand, obwohl Aerzte und Wartpersonal und Behandlungs-Methode die gleiche waren.

Wie genau man es aber mit einer wahren Evacuirung, mit einem Neubau nehmen muss, das bewies eine in Leipzig erfahrene Thatsache.

Als unser hochverehrter Landsmann Geheimrath Dr. v. Thiersch nach Leipzig berufen wurde, war das Spital voll von Pyämie und Brand. Alle seine Mühen und Anstrengungen, diese Krankheiten zu bekämpfen, schlugen fehl.

Wer den edlen Charakter dieses Mannes kennt, der kann bemessen, wie unglücklich derselbe war, wenn er die armen Menschen dahinsterben und schwer krank liegen sah und nebenbei wusste, man kann diese Krankheiten und Todfälle mit materiellen Opfern vermeiden.

Er ruhte nicht, bis das jetzige Musterspital neu gebaut und neu meublirt wurde.

Wie er es voraus versprochen hatte, so kam es: keine Pyämie, kein Spitalbrand.

Plötzlich wurde im neuen Hause eine Wunde vom Spital-Brande befallen. Man kann sich denken, welche Bestürzung dadurch hervorgerufen wurde; denn dafür, dass diese schrecklichen Krankheiten nur für ein Paar Wochen verbannt würden, ist das Mittel eines Neubaues zu kostspielig.

Man forschte nun nach der Ursache dieses wieder aufgetretenen Spitalbrandes. Was war es? — Ein Verwaltungs-Rath war darüber ungehalten, dass die alten Bett-Fournituren im Hofe dem Winde und Regen ausgesetzt waren und befahl, selbe unter den Fussböden der neuen Baracken aufzubewahren. Diess war genug, um die alte giftige Krankheit wieder zu bringen.

Man sieht daraus, wie genau man die Sache nehmen muss.

Natürlich wurde dieser Unfug abgestellt, und die neue Musteranstalt ist wieder frei von jedem Hospitalbrande, wie vorher.

Eine Anstalt, in welcher Pyämie und Hospitalbrand wüthet, hat aufgehört, eine Heilanstalt oder gar eine Wohlthätigkeits-Anstalt zu sein; denn die Leute werden dort schwerer krank gemacht, als sie sind, und sterben in Folge des aufgenommenen Spitalgiftes, während die Krankheit, welche sie bei der Aufnahme in das Spital mitbrachten, in jeder Holzhütte, in jeder Dachkammer in wenigen Tagen geheilt wäre, nicht die geringste Gefahr bedungen hätte.

Eine bedeutende Schattenseite dieser Angelegenheit bilden die gerichtlichen Fälle. Die kleinen Stich- und Quetschwunden irgend eines Raufhandels, welche in guter Luft kaum 10—20 Tage arbeitsunfähig gemacht hätten, werden durch Pyämie oder Nosocomial-Brand tödtlich oder machen 60 und 70 Tage schwer krank.

Bei uns kommt noch ein trauriger Nebenumstand zur Berücksichtigung. Das Abonnement eines Dienstboten berechtigt gesetzmässig nur zu 90 Tagen Spitalaufenthalt. Wenn nun ein armer Dienstbote mit einer kleinen Wunde in das Spital kommt, mit einer Wunde, die bei guten Spital-Verhältnissen in 14 Tagen geheilt wäre, so wird er vom Nosocomialbrand ergriffen, kommt an den Rand des Grabes, liegt unter vielen Schmerzen vielleicht 100 ja 150 Tage schwer krank, muss chloroformirt, mit dem Glüheisen gebrannt werden, und wenn er endlich ganz abgemagert und noch lange arbeitsunfähig das Spital verlässt, so soll er für jeden Tag, der über 90 Tage hinausgeht, noch 1 fl. 6 kr. aus seinen Ersparnissen bezahlen, oder die Hilfe seiner Gemeinde hiezu beanspruchen, während er die lange arge Krankheit doch nur dem

Spitalgifte verdankt. Sie haben dieses schreckliche Beispiel in den letzten Jahren so oft mitangesehen, dass ich darüber nicht mehr zu sagen brauche.

Es lohnte sich wohl der Mühe, dass die Herren Juristen die Frage entscheiden würden, ob ein solches durchseuchtes Spital, welches seine Bewohner so schwer schädigt, noch als öffentliche Heilanstalt gelten darf, da man doch bestimmt weiss, diese Todesfälle und schweren Krankheiten können vermieden werden, wenn man genügend grosse materielle Opfer bringt?

Bei der grossen Tragweite dieses Gegenstandes hat man denn auch fortwährend gearbeitet, studirt und gesucht, welche Form das furchtbare Gift haben und wo es stecken könne? Die verschiedensten und sehr viele fruchtlose Theorien sind sich einander gefolgt.

Endlich überdachte man eines der weltberühmten Pasteur'schen Experimente: Pasteur nahm zwei Flaschen Urin und liess selbe offen neben einander stehen. Die eine Flasche hatte einen geraden, die andere einen rechtwinklig gebogenen Hals; allein die beiden Behältnisse blieben unverschlossen und gestatteten der Luft freien Zutritt. Mit grosser Verwunderung beobachtete man nun, dass der Urin in jener Flasche mit geradem Halse schon nach ein Paar Tagen stinkend und zersetzt, voll von Bacterien war, während der Urin in jenem Gefässe, dessen Hals recktwinklig gebogen war, monatelang unzersetzt blieb.

Es war dadurch der unumstössliche Beweis geliefert, dass es nicht der Zutritt der Luft ist, welcher die Zersetzung einleitet, sondern dass es die der Luft beigemengten, nach dem Gesetze der Schwere senkrecht herabfallenden schädlichen Potenzen (Pilze, Infusorien, Bacterien, Monaden etc.) sind, welche die Zersetzung veranlassen, denn die Luft war auch von jenem Gefässe nicht abgehalten, dessen Hals rechtwinklig gebogen war. Die Ihnen bekannte Meisterarbeit unseres gefeierten Billroth hat hierüber noch mehr Licht verbreitet.

Auf Pasteur's sinnreiches Experiment gestützt gründete nun Mst. Lister in Edinburg eine neue Behandlungsart der Wunden, welche heut zu Tage auf der ganzen civilisirten Welt als ein enormer Fortschritt begrüsst wird. — Alles Neue hat seine Feinde, auch die Lister'sche Methode wurde viel und oft kritisirt, aber endlich hat sie solche Proben bestanden, dass man nur mehr Worte der Bewunderung, Worte des Dankes hört, wenn sie richtig ausgeführt wurde.

Die Methode ist ziemlich umständlich und verlangt von Seite der Aerzte grosse Aufmerksamkeit und Opferwilligkeit.

Wie Sie wissen, muss jede neu ankommende Wunde mit einer 8 % Chlorzinklösung*) genau ausgespritzt werden, um etwa schon hineingerathene böse Keime zu vertilgen. Jede Operation und jeder Verband muss während einem ununterbrochenen Carbolsäure-Regen vollzogen werden, was mit einem Pulverisateur und einer 2$\frac{1}{2}$ % Carbolsäurelösung geschieht. Die Hände des Operateurs und der Assistenten müssen mit Carbolsäure-Lösung desinficirt, alle Instrumente mit Carbolöl (1 Theil Carbolsäure, 10 Theile Leinöl) bestrichen werden. Die Wunden werden mit Darmsaiten genäht, welche lange in solchem Oele lagen und vom Organismus aufgelöst und aufgesogen werden, nicht wie die bisher übliche Seide als fremde Körper reizen. Während des Carbolsäure-Regens wird jede Wunde, jedes Geschwür mit 10 Schichten neuen Zeuges verbunden. Direct auf die Wunde kommt meist ein mit Dextrin präparirter Seidenstoff, der die Wunde vor Berührung der antiseptischen Stoffe schü'zt und über dieselbe gleichsam eine zarte Haut bildet. Ueber diesen Seidenstoff, der ebenfalls mit Carbolsäure-Lösung benetzt ist, wird eine mit verdünnter Carbolsäure angenetzte Schichte von Lister's antiseptischem

---

*) Oberflächliche Wunden mit 5% Carbolsäurelösung.

Gaze *) gelegt; dann kommen 6 Schichten trockenen antiseptischen Gazes, welche weit über den Seidenstoff hinausreichen, und zur Aufnahme und Desinfection des Wundsecretes bestimmt sind. Endlich kommt eine impermeable Schichte von Mackintosch, welcher ebenfalls mit verdünnter Carbolsäure angenetzt ist. Schliesslich kommt noch eine trockne Schichte Gaze und das Ganze wird mit Pflaster und Binden gut befestigt, damit es an Ort und Stelle bleibt. An passenden Plätzen kann anstatt des antiseptischen Gazes eine Paste von Schlemmkreide und Carbolöl (1 Theil Carbolsäure, 4 Theile heisses Leinöl) gelegt und mit Staniol gedeckt werden.

Diese Verbände werden so oft erneuert, als sie sich durchfeuchtet zeigen, und jeder Wechsel geschieht wieder unter Carbolsäure-Regen.

Man sieht: die Mühen sind sehr grosse, allein die Erfolge, welche damit erzielt werden, lohnen diese tausendfach. Grosse Operationen verlaufen nahezu ohne Fieber, die Wunden heilen ausserordentlich rasch, secerniren äusserst wenig.

In jenen Spitälern, wo man diese Methode sorgfältig durchgeführt hat, wurden Pyämie und Nosocomial-Brand verbannt, wenn sie vorher auch noch so sehr eingebürgert waren. Im letzten unter Geheim-Rath v. Langenbeck's Vorsitz zu Berlin tagenden Congresse deutscher Chirurgen war nur Eine Stimme des Lobes über diese Methode. Obersanitätsrath Volkmann, Geheimrath v. Bardeleben, Geheimrath v. Thiersch, die Professoren Hüter, Schönborn und Schede konnten nicht genug des Guten erwähnen.

---

*) Dieses Gaze ist ein feiner Mull mit Carbolsäure, Harz und Paraffin getränkt. Schwämme liegen während ihres Nichtgebrauches Tag und Nacht in einer 1 % Carbolsäure-Lösung. Zum Desinficiren der Messer und Catheter etc. dient eine ölige Lösung von 1:20. Zum Benetzen der Drainagen und Bourdonnete eine solche von 1:10. Unmittelbar nach Operationen bleibt das Silk meist weg, damit der antiseptische Gaze besser einsaugt.

Im Spitale des Mst. Syme zu Edinburg, wo der Nosocomialbrand an der Tagesordnung war, ist dieses Uebel seit Einführung der Lister'schen Verbandmethode gänzlich gewichen.

Bei der grossen Schwierigkeit, Neubauten aufzuführen und alle Utensilien neu anzuschaffen, was bis jetzt das alleinige Heilmittel dieser schrecklichen Spitalkrankheiten war, wurde Lister's Erfolg mit grosser Freude aufgenommen.

Wie Sie wissen, haust in unserem Spitale die Pyämie schon seit Decennien und in den letzten Jahren nahm auch der eben beschriebene, Ihnen nur zu wohl bekannte Hospital-Brand sehr überhand.

Je überfüllter das Spital wird, je älter die Utensilien werden, desto mehr werden sie durchseucht sein, desto schlimmer wüthen die genannten Krankheiten, so dass von Jahr zu Jahr eine bedeutende Steigerung bemerkbar ist. Während wir vor 3 Jahren nur 20 Procente, im vorigen Jahre 50 Procente aller Verwundeten und Operirten vom Hospitalbrande befallen sahen, haben wir im heurigen Jahre schon 80 Procente zu verzeichnen.

Unsere Klinik hatte leider in den letzten Monaten alle Tage und alle Tage das Glüheisen anzuwenden und die kleinsten und reinsten Wunden sahen nach 10 und 14 Tagen Spital-Aufenthalt, wie Sie, meine Herren, sich leider täglich überzeugt haben, so schrecklich missfärbig und zerfressen aus, dass wohl keiner unter Ihnen ist, der nicht auf das Tiefste davon ergriffen war. Sie haben auch manchen jungen Menschen durch Hospitalbrand und viele durch Pyämie zu Grunde gehen sehen, Sie haben die schönsten und segensreichsten Operationen vom Spitalbrande vernichten sehen. Es ist gewiss Keinem von Ihnen entgangen, dass die Aufenthaltszeit aller Verwundeten eine erschreckend lange war, und dass viele Menschen nur nach grossen Verlusten an ihrem Körper das Spital verlassen haben.

Sie können sich denken, dass wir Tag und Nacht keinen anderen Gedanken, keine andere Sorge hatten, als die, solchen Uebeln abzuhelfen. Unser hochverehrter Herr Director v. Ziemssen, dem ich manche dieser vom Hospitalbrande zerfressenen Wunden zeigte, hat sofort mit der grössten Theilnahme hiefür zu schaffen und zu arbeiten begonnen, und wenn nicht eine schwere Erkrankung seine Thätigkeit gehemmt hätte, so würde er bereits ein fertiges Programm zur gründlichen Abhilfe den Behörden unterbreitet haben. Allein Neubauten und Neuanschaffung aller Utensilien kosten bei unseren grossen Verhältnissen viele hundert Tausende, ja man spricht von einer Million, und es wird gewiss noch Jahre lang dauern, bis solche radicale Hilfe möglich ist.

Bis dahin würden noch Hunderte an Pyämie sterben und Tausende vom Hospitalbrande ergriffen werden, selbst wenn es bei den jetzigen 80 Procenten bliebe, was man aber gar nicht einmal hoffen darf, da bisher alle Jahre eine Steigerung der schlimmen Zustände eintrat. Wie Sie selbst wissen, haben wir schon die verschiedensten Rathschläge und Ideen versucht, dieses Uebel zu bekämpfen, aber leider meist ganz erfolglos.

Ein einziges glückliches Resultat darf ich Ihnen in das Gedächtniss rufen:

Mit den Amputirten waren wir in den letzten 2 Jahren, seit ich die abgesägten Knochen sofort mit glühendem Eisen ätze, glücklicher. Ich kam auf diesen Gedanken, weil man weiss, dass die Pyämie am häufigsten durch die klaffenden, in den Jaucheherd eintauchenden Knochen-Venen erzeugt wird. Wir haben seit diesem Brennen keinen einzigen Amputirten mehr an Pyämie verloren, während noch ein Jahr vorher von 16 Amputirten 11 an Pyämie starben. Gegen den so sehr überhand nehmenden Hospitalbrand hatte uns aber bisher jeder Versuch im Stiche gelassen.

Bei den herrlichen Erfahrungen, welche nun aber an vielen Orten, wo man List er's Methode genügend gewissenhaft übte, gemacht wurden, wäre es ja im höchsten Grade gewissenslos von mir gewesen, diese Methode nicht zu versuchen.

Wie Sie nun wissen, haben wir seit Monaten die Lister'sche Methode geübt und in der letzten Zeit alle unsere Kranken nach dieser Methode verbunden. Sie sahen auch alle Operationen genau nach dieser Methode ausführen und jetzt habe ich die unendliche Befriedigung, Ihnen sagen zu dürfen: nicht ein einziger Kranke auf meiner ganzen Abtheilung ist pyämisch, nicht ein einziger Kranker hat den Nosocomialbrand. Durchgehen Sie meine Räume: alle Wunden sind schön, frisch roth, heilen rasch und secerniren äusserst gering. Die nach dieser Methode gemachten Operationen verliefen so gut, wie ich es in den 15 Jahren, seit ich die Abtheilung besorge, noch nie gesehen habe.

Schauen Sie die Kranken an, wie sie gut aussehen und fieberlos sind.

Ich kann Ihnen nur sagen: wir sind entzückt davon und meine Herren Assistenten, wie die guten Schwestern unterziehen sich mit grösster Freude den vielen Mühen und Plagen, welche dieses Verfahren mit sich bringt. Die glücklichste Stimmung beseelt uns jetzt, während wir sonst täglich deprimirt aus dem Hause gingen. Der letzte Amputirte hatte nach der Operation keine Minute Schmerz, die Wunde stinkt nicht wie sonst, ist nicht grün und schwarz wie sonst, der Kranke liegt nicht appetitlos in Fieberhitze da wie sonst. Alles das ist weggezaubert. Betrachten Sie das Mädchen, bei welchem ich unter Carbolsäure-Regen eine Exostose der Tibia wegmeisselte. Die Operation war schwer, kleine Knorpelreste blieben unvermeidlich in der Wunde zurück. Sehen Sie das Mädchen an. Sie ist munter und fieberlos, die Wunde ist frisch und secernirt fast nichts, die zurückgelassenen Knorpel-Reste werden resorbirt. Denken Sie zurück, ob Sie je in unserm Krankenhause eine Wunde so schön und schnell heilen sahen?

Es ist noch kein halbes Jahr verflossen, als ein grosser Gelehrter und berühmter Arzt nach Durchgehen meiner Ab-theilung sagte: „Mich täuscht die scheinbare Nettigkeit und „Reinlichkeit nicht. Ich bedaure Sie und die Kranken, welche „auf diese Abtheilung angewiesen sind, denn selbe ist ein über-„tünchtes Grab".

Wahrlich, meine Herren, es war eine harte Probe, welche Lister's Methode bei uns zu bestehen hatte, aber der Erfolg war glänzend. Ich muss Ihnen nun auch die Schattenseiten dieser Methode nennen:

Neben der grossen Mühe sind es unsere Hände, die da-bei übel wegkommen. Der immerwährende Carbolsäure-Regen macht selbe schmerzhaft, brennend, rauh, hässlich, unangenehm riechend und pelzig. Allein der Preis ist zu gross, als dass wir diess nicht verschmerzen würden.

Ferners sagt man: die Methode kostet zu viel. Es ist wahr, dass dieser Verband etwas theurer ist als der bisherige. Die Stoffe werden in der internationalen Verbandstoff-Fabrik zu Schaffhausen sorgfältig nach Lister's Angaben fabricirt und von chirurgischen Autoritäten überwacht, und obwohl für den Spitalgebrauch eine sehr grosse Preisermässigung gegeben wird, sind diese Verbände jedenfalls theurer als alle bisherigen Methoden. Allein diese Auslagen sind in der That nur scheinbare; denn, wenn Sie bedenken, dass jeder Kranke unseres Hauses täglich über 1 Gulden kostet, so verzehren die Fälle von Nosocomialbrand jedes

Jahr viele Tausende, denn unsere Bögen weisen bei Spitalbrand-Kranken 70—80, 120—250 Tage Aufenthaltszeit mehr nach, als bei den gleichen Kranken ohne Nosocomialbrand. $^4/_5$ aller Verwundeten und Operirten wurden im letzten Jahre aber von Nosocomialbrand befallen, so dass ich fest überzeugt bin, dass der Nosocomialbrand täglich 10—20 Thaler verschlingt, während der Lister'sche Verband vielleicht 3 mehr beträgt, als der gewöhnliche Verband.

Ferners kommen die Kranken bei Nosocomialbrand so sehr herab, dass man Monate lang Wein, Eier, China etc. geben muss, was bei günstigem Verlaufe überflüssig ist.

Ich bin also fest überzeugt, dass in ökonomischer Beziehung nur Gewinn erzielt wird.

Allein abgesehen vom Kostenpunkte wird doch kein Mensch auf der Welt so hartherzig sein, dass er sagt: ich weiss zwar, dass vor Anwendung dieser Methode alle Versuche fehlgeschlagen haben, diese verheerenden, schrecklichen Krankheiten zu verbannen, allein ich will diese Auslage nicht machen, es ist mir gleichgültig, ob Dutzende von Dienstboten sterben, Hunderte monatelang schwer krank liegen und ihre Glieder verlieren. Ich bin überzeugt, dass Niemand so denkt, und dass an allen Orten, wo solch schlimme Verhältnisse sind, wie bei uns waren, in kürzester Zeit die Lister'sche Methode die gleichen Triumphe feiern wird.

Als die Kunde meiner glücklichen Erfahrung an unseren hochlöblichen Magistrat gelangte, als ich die Bitte stellte, diese segensreiche Verbandmethode definitiv einführen zu dürfen, gab man diese Erlaubniss mit der grössten Bereitwilligkeit und Schnelligkeit, und ich möchte heute die Gelegenheit benützen, für dieses erfreuliche Entgegenkommen meinem Danke öffentlich Ausdruck zu geben, denn das, was unser Leben verbitterte, ist weggenommen. Tausende von armen Dienstboten werden dadurch von grossem Unglück befreit werden.

In London wurde in einer Sitzung gelehrter Chirurgen hervorgehoben, dass es ja doch auch andere Methoden gebe, welche gleich gute Endresultate aufzuweisen hätten, und man führte als Beispiele die guten Mortalitätsverhältnisse im Spitale von Mst. Spencer Wells und Mst. Callender an. Allein beide genannte Männer konnten die Ehre dieses Vergleiches nicht annehmen. Mst. Spencer Wells musste erwidern, dass in seinem Spitale die Verhältnisse eines Privathauses herrschen, welche nie mit einem Spitale zu vergleichen sind, weil in seinem grossen Hause nur 2 oder 3 Kranke aufgenommen und auf das Sorgfältigste verpflegt werden und Mst. Callender ist Operateur in dem reichsten Spitale der Welt, wo Ein Kranker mehr kostet, als bei uns 10 und Mst. Callender versicherte trotzdem, dass seine Behandlungsweise, wenn sie auch nicht genau die Lister'sche, doch eine ganz ähnliche ebenso theure sei. Es war also selbst den Feinden der Lister'schen Methode nicht gelungen, ein einziges Beispiel mit ihr zu vergleichen.

Mit dieser Errungenschaft haben die Spitäler aufgehört, für chirurgische Kranke gefürchtete Plätze zu sein.

Eine Reihe von nützlichen Operationen, welche man bis jetzt der giftigen Luft wegen in chirurgischen Abtheilungen nicht wagte, kann man nun mit bestem Gewissen unternehmen, viele höchst werthvolle Eingriffe, welche bis zur Stunde wegen ihrer Gefährlichkeit unerlaubt waren, dürfen bei Anwendung des Lister'schen Verfahrens gemacht werden. Das Lostrennen verwachsener Hernien, das Eröffnen der Gelenke u. a. m., ist in diese Reihe zu stellen. Wenn Sie, meine Herren, in diesem Momente der Esmarch'schen Erfindung blutleerer Operationen einen Blick schenken und die Lister'sche Methode dazu gesellen, so haben Sie Fortschritte der neuen Chirurgie, wie sie seit Jahrhunderten nicht dagewesen sind.

Ganz besonders aber hat die conservative Chirurgie grosse Erwartungen.

Die conservative Behandlung von Gelenk-Schüssen, welche unser grosser Meister Geheimrath v. Langenbeck im letzten Kriege angebahnt hat, wird durch Benützung der Lister'schen Methode eine bedeutende Ausdehnung erfahren und ohne das Leben zu gefährden, hunderte von Gliedern erhalten, welche bis zur Stunde durch Resection verkrüppelt und verkürzt oder durch Amputation entfernt werden mussten.